일렁이는
물결 따라,
마음결 따라,

이 선진

빛처럼 비지처럼

이선진 소설

빛처럼 비지처럼

차례

빛처럼 비지처럼

내가 제일 작고 환했을 때 산타는 낮이고 밤이고 시도 때도 없이 울어젖히던 내게 자전거 한 대를 선물로 줬다. 산타는 아빠로 밝혀졌고 자전거는 삼천리였나 알톤이었나? 아무렴 손잡이에 앙증맞은 거북이 스티커가 붙은 자전거를 타다가 내리막길에서 자빠진 탓에 나는 떡니에 커다랗게 금이 가버렸다. 울면 안 돼, 울면 안 돼, 노래를 부르면서 울었다. 그때 너무 많이 울어서인지 이제 나는 웬

만한 일 갖고는 잘 울지 않는다. 비상계단에서 뒤로 자빠진 아빠가 두부 손상으로 세상을 등졌을 때도, 회사로부터 하루아침에 해고 통보를 받았을 때도, 지금처럼 겨울 햇빛이 너무 눈부실 때도 눈 하나 끔뻑 안 한다.

예수가 십자가에 못 박혀 죽었듯이 이제 그 모델은 세상에 없고, 내가 제일 작고 환했을 때부터 나는 단종을 멸종이라고 부르는 걸 좋아했다. 지금 내 앞자리에 탄 채 자전거 페달을 구르는 옹순모가 조금만 더 가면 진짜 니뽕할 수 있다니까! 하면서 입봉을 니뽕이라 부르는 것과 비슷했다. 발음을 살짝 달리하는 것만으로도 간절히 바라던 목표가, 목표에서 자꾸 미끄러지는 데서 비롯되는 절망의 무게가 한결 가벼워지는 것 같다나. 벌써 9년째 영화판에 몸담고 있는 옹순모는 이제 그 판의 가장자리에, 끄트머리 중의 끄트머리에 가까스로 몸을 걸치고 있는 신세였다. '더도 말고 덜도 말고 1인분만

하자'가 가훈인 4대째 손두붓집 장남이 돼서는 1인분은커녕 0.5인분도 못 했다.

근데 사람이 꼭 1인분을 해야 되나?

내가 물었고 옹순모는 입 다물었다. 가업은 안 물려받고 헛물만 켠다는 점에서 우리는 일견 비슷한 처지였지만 그래도 옹순모보다야 내 상황이 좀 더 낫긴 했다. 갓 만든 두부가 금세 상해버릴 정도로 날이 고약하게 푹푹 쪘던 지난여름, 엄마는 자기 자식이 남자를 좋아하는 남자라는 사실을 알고부터 오빠를 사람 취급도 안 했으니까.

근데 나 김치 싸대기는 봤어도 두부 싸대기는 처음 봤잖아.

나도 처음이야.

근데 두부에 맞으면 어떤 기분이야?

두부에 맞은 기분. 몽글몽글하게 아픈 기분.

근데 두부에 맞았는데 어떻게 입술이 터지지? 신기하다.

모란아.

응?

다음은 네 차례야.

다음번의 일은 늘 다음으로 미뤄두고서 우리는 차마 스스로를 죽이지 못해 시간을 죽이러 가곤 했다. 아라뱃길은 본래 화물 운송을 위해 만들어진 인공 운하였고 조금도 그렇게 쓰이지 않는다는 점에서 분명 실패한 사업이었지만 그래서인지 더 마음이 갔다. 마음이 가니까 몸도 갔다. 자전거 뿌셔. 아라뱃길 뿌셔. 겨울 뿌셔. 꼭 직접 핸들을 쥐고 페달을 구르지 않더라도 자전거를 타면 어디론가 나아가는 기분이고, 나아감이 꼭 나아짐을 보장하지는 않아도 거기엔 어떤 전환이 있었다. 말하자면 기분이라는 게 서리태콩이나 민들레꽃이나 열 손가락처럼 손에 쥘 수 있는 무엇처럼 느껴졌다. 쥐고서 마구 부수고 싶었다.

너랑 있으면 꼭 내가 막다른 사람이 되는 기분이야.

지난 목요일에는 유정과 함께 밥을 먹고 산책을 하고 벽돌길 틈새에 핀 민들레 쪽으로 호, 바람을 불다가 그런 말을 들었다. 꽃도 홀씨도 씨방도 없이 줄기만 달랑 있는데 어떻게 민들레인 줄 알았냐면 그냥 느낌이 그랬다. 한때 같은 회사에 몸담았던 유정이 이쪽이라는 걸 단번에 알아본 것처럼. 전국 각지의 고장 난 엘리베이터 안에서 걸려오는 긴급 호출 전화를 받는 게 우리 일이었고, 열에 아홉은 단순 착오로 인한 콜이거나 장난 전화이긴 해도 세상에 나 말고도 어디엔가 꼼짝없이 갇혀 있는 사람이 이렇게나 많다는 사실은 묵직한 위로가 되어주곤 했다. 목요일 새벽 4시마다 찌꺼기 같은 년이라고 나를 몰아붙이는 수화기 너머의 목소리도 기꺼이 참아낼 수 있을 만큼.

나는 민들레를 꺾어 만든 반지를 손가락에 끼

웠다 뺀 다음 바람에 날려 보냈다. 그런 뒤 유정의
손을 쥐려고 팔을 뻗었는데 유정은 한 걸음 물러나
며 만지지 마, 했다.

근데 왜 만지면 안 돼?

나 민들레 알레르기 있잖아.

옹모란 알레르기가 아니라?

그것도 있긴 해.

이런 찌꺼기 같은 년이.

있잖아, 그래도 아직 내가 해사해.

나도 아직 해사해.

해사해. 우리 둘 이름의 획을 그을 때마다 사랑
해사랑해사랑해를 외쳐 얻어낸 값. 첫 애인이랑은
랑랑해였고 두 번째 애인이랑은 해랑해였는데 이
번에는 해사해, 적어도 말이 되는 조합이라 말 못
하게 기뻤다. 얼굴이 곱지도 웃음소리가 깨끗하지
도 차림새가 멀끔하지도 않았지만 우리는 오늘 너
무 해사해요 유정 씨, 아니 모란 씨가 더 해사하죠,

매일같이 주고받았다. 물론 밤낮이 바뀌고 여름이 겨울이 되듯 사람도 변하기 마련이었다. 일교차만큼 인교차가 심했다.

　12월은 자전거를 타기에 좋은 때는 아니었지만 아라뱃길은 자전거를 타기에 좋은 데였다. 막힘없이 뻥 뚫려 있고 햇옥수수랑 술빵 파는 트럭도 간간이 불 밝히고 있으니까. 그렇게 트럭 앞에 멈춰 선 오빠와 나. 우리는 김이 모락모락 피어오르는 옥수수와 술빵을 샀고, 공평하게 반씩 나눈 그것들을 손에서 손으로 건네는 대신 벤치에 툭 던져두었다.

　버리는 거니까 먹어.

　버려줘서 고마워.

　천만의 옥수수 만만의 술빵.

　버려진 옥수수로 하모니카 불고 버려진 술빵으로 건배하기. 그렇게 벤치에 죽치고 앉아 시간을 죽이다 보면 색색의 타이즈를 빼입은 빨주노초 사람들이 지나갈게요! 비키세요! 우리를 향해 소리쳤다. 이윽고 열두 대의 자전거와 자전거를 탄 열두 사람이 닿을 듯 말 듯 나를 스쳐 지나갈 때 순간적으로 나를 둘러싼 시간이 오목해졌다가 확 쪼그라들었다가 씨앗보다 작은 크기로 아득하게 반짝였다가 언제 그랬냐는 듯이 도로 팽팽해졌다. 손에 쥘 수는 없어도 느낄 수는 있었다.

근데 이유가 뭐야?

뭐가?

니뽕이 코앞이었는데 이제 와 엎자는 이유가 뭐래?

그냥 처음부터 가망이 없었는데 미리 말을 못 해줘서 미안하대. 이렇게 점점 더 가망이 없어질 줄은 꿈에도 몰랐대.

가망이 없어지느라 아주 고생했네.

계양을 지나 김포 공장 단지를 지나 한참을 더

나아가면 한강이 있었고 우리는 한 번도 한강까지 가본 적이 없었다. 어디 갈 데까지 가보자. 그렇게 마음먹어놓고 단 한 번도 갈 수 있는 데까지 가지 않았다. 돌아오는 길을 잃어버리면 어떡하지. 불의의 사고로 꼼짝없이 고립되면 어떡하지. 가다가 더 이상 가고 싶지 않아지면 어떡하지. 많고 많은 만약의 경우를 생각하다 보면 일직선으로 쭉 뻗은 길을 달리고 있는데도 같은 곳을 맴돌고 있는 기분이 들었다.

완전히 시간 가는 줄 알겠네. 오빠의 등허리를 너무 세지도 약하지도 않게 끌어안으며 나는 생각했다. 분명 옛날에는 자전거를 탈 줄 알았는데 왜 지금은 아닌지도 생각했다. 몸이 기억해서 못 타려야 못 탈 수가 없다던데. 이런 걸 보면 사람은 진화가 아닌 퇴행의 동물에 가까웠다. 하긴 어렸을 때부터 나는 앞구르기보다 뒤구르기에 소질이 있었다. 뒤로, 뒤로, 또 뒤로. 앞으로는 못 가도 뒤로는 내 맘대로 마음껏 갈 수 있었다. 그렇게 여기까지 올 수 있었다.

　자정이 되기 직전 우리는 왔던 길을 되돌아갔다. 〈바람이 분다〉와 〈바람아 멈추어다오〉와 〈바람 바람 바람〉 같은 노래를 듣고 부르는 사이 어느새 김포였고 초승달이 꼭 손톱 같아 달톱이다 달톱, 하는 사이 어느새 계양이었고 고가다리 난간에 붙은 자살의 반대는 살자입니다, 문구를 째려보며 우리는 모순옹 란모옹 아니고 옹순모 옹모란인데, 하는 사이 어느새 집이었다. 뭐 하느라 이렇게 늦게 들어온디야? 불 꺼진 거실 너머에서 엄마가 소리쳤고 나는 그냥, 하고 대답했다. 오빠는 질문을 받지 못했으므로 아무 대답도 하지 않았다. 그 대신 지지대가 떨어져 나간 자전거를 현관에 기대어놓으면서, 난데없이 다음 주 토요일 오후에 어딜 좀 같이 가줄 수 있냐고 물었다. 다음 주 토요일이면 12월 24일, 성탄 전날이었다.

그날 가긴 어딜 가?

애인 만나러.

어플로 연락해서 한 번도 만나본 적 없다며.

그래도 있는 건 있는 거지.

어디로 가는데?

한강으로.

한강은 왜?

애인 만나러.

참 나. 오빠의 제안을 단호히 거절한 뒤 방에 들어와 이에 낀 옥수수 알갱이와 콩 조각을 빼내면서 나는 생각했다. 성탄 전날이면 마침 토요일이라 아침부터 가게에 손님이 미어터질 텐데 여기 순두부에 산수유 막걸리 한 되! 소리가 쏟아져 나올 텐데 가만있으면 최소한 중간은 가는 거 굳이 밖을 싸다니면 엄마가 우릴 죽이려들 텐데 심지어 오빠가 남자를 만나러 간다는 걸 알면 또 두부 싸대기를 갈길 게 분명한데 두부는 완전식품이고 완전식품은 그렇게 버려지기엔 아까운데 애인은 무슨 얼어죽을 놈의 애인. 그러나 어째서인지 침대에 누워 뒤구르기를 하다 말고 나는 생각의 노선을 정반대로 바꿔 오빠에게 알겠다는 톡을 보냈다.

　—대신 유정이도 같이 가는 거다.

*

한강 운운하기에 공항철도를 타고 가는 줄 알았는데 오빠는 자전거를 타고 갈 거라고 했다. 시간 되면 와. 유정에게는 그렇게 말했고 유정은 굳이 시간을 내서 왔다. 접었다 폈다가 가능한 미니벨로를 타고 왔다. 손 시리고 목마르면 큰일이라며 기능성 장갑과 스테인리스 보온병도 챙겨 왔다. 나는 딱 몸만 갔다.

못 본 사이 유정은 어디가 조금 달라져 있었다. 거북목이 심해지고 어깨가 왼쪽으로 미세하게 기울고 키도 살짝 작아지고. 기분 탓이겠거니 하는데 오빠는 기어이 입을 열었다.

　사랑하면 닮는다는 게 진짜 맞나 봐.

　네? 왜요?

　못 본 사이 너한테서 모란이가 보이네.

　근데 저 모란이 안 사랑하는데.

　그럼?

　해사해요, 아직은.

　정오였고, 약속 시간까지는 꽤 여유로웠다. 그래도 가는 길에 갑자기 무슨 일이 생길지도 모른다며 오빠는 분주히 몸을 움직였다. 갑자기. 엘리베이터에 갇힌 상황에서 사람들이 욕 다음으로 많이 내뱉는 말도 갑자기였다. 좀 전까지는 아무 문제 없었는데 갑자기 이렇게 됐어요. 저 이제 죽는 건가요? 그러나 사실 그건 갑자기가 아니었다. 그 전부터 어떤 문제가 도사리고 있었는데 아무렇지 않은 척 덮여 있다가 하필 그 순간 수면 위로 드러난

것뿐이었다. 순모 니 갑자기 왜 이래 됐나. 얼마 전 마감 뒷정리를 하다 말고 손님이 남기고 간 막걸리 한 되를 원샷한 엄마는 희고 넓적한 접시에 들러붙은, 숟가락으로 어찌나 꾹꾹 눌러댔는지 이미 으깨질 대로 으깨진 두부를 더 으깨뜨리며 오빠에게 그렇게 말했고, 나는 길을 가다가도 밥을 먹다가도 숨을 쉬다가도 그 말이 마음에 걸려 자주 넘어졌다. 넘어지는 게 습관이 되고 넘어진 자세가 몸에 배고 그렇게 막다른 사람이, 이렇게 시도 때도 없이 속이 허한 사람이 되어버렸다.

……모르겠고 일단 밥부터 뿌수자.

계양 쪽에서 잠깐 옆으로 빠져 벚꽃 없는 벚나무 길을 따라가보니 이런 데 식당이 다 있어? 하는 생각이 드는 곳에 재래식 손두부 전문점이 있었다. 오빠는 느티나무 숲으로 둘러싸인 가게 초입에 자전거를 세우고는 여기 두면 누가 훔쳐 가려나? 하고 물었다. 나는 이걸 굳이? 누가? 이 고물을 왜?

그리고 누가 훔쳐 가면 그냥 버리는 셈 치면 되지, 하고 말했다.

　　오빠는 안심한 건지 실망한 건지 알 수 없는 얼굴로 담장 외벽에 자전거를 기대어두었다. 가게에 들어가 창가 쪽 테이블에 자리를 잡으려는데 주인 아줌마는 이거 미안해서 어떡하나, 하고는 가마솥에 담뱃재가 섞여 들어가는 바람에 지금 손님상에 두부를 올릴 수가 없다고 했다. 그래서 우리는 하는 수 없이 콩가스를 시켰다. 콩가스는 콩으로 만든 돈가스고 콩으로 돼지고기 맛을 낸다는 건 신박하긴 해도 엄연히 가짜였다. 오빠를 가짜 사람 취급했던 엄마라면 노발대발하면서 이렇게 말할지도 몰랐다. 시방 콩이라면 응당 콩이 갈 길을 가야지 왜 돼지처럼 돼지의 길을 가는가. 선두 주자는 못 될망정 왜 후발대를 자처하는가. 명품은 못 돼도 진품은 돼야 하거늘 왜 꿀꿀꿀 가품의 삶을 좇는가.

근데 뭔가 수상하지 않아요? 유정이 오빠를 향해 물었다.

수상하긴 뭐가? 콩가스가? 내가 되물었다.

아니, 오빠 말이야. 지금까지 계속 카톡도 아니고 어플로만 연락했다잖아.

아하. 근데 이 나물 이름이 뭐지?

왜, 맛있어? 뚱채나물이잖아. 상추 줄기.

아니, 이참에 잘 알아두고 평생 피해 가려고. 맛없어.

내 말을 듣던 유정은 다시 오빠에게 물었다.

근데 그럼 오빠는 얼굴도 이름도 전화번호도 모르는 거네요?

이름이랑 얼굴은 알지. 윤세중. 오빠가 답했다.

잠깐만 기다려봐.

나는 네모난 티슈에 두 사람 이름을 적고 속으로 사랑해사랑해사랑해를 외치다가 말했다.

해랑사네, 해랑사. 못쓰겠네 이거.

근데 요즘 사진 그거 믿을 거 못 되는데. 보정도 장난 아니고 도용도 많고. 구글 이미지 검색은 해보셨어요?

　유정이 묻자 오빠는 그런 게 다 있냐는 순진한 소리나 해댔다. 그런데 내가 생각하는 오빠는 순진한 사람이라기보다는 속이 시커먼 사람이었다. 속이 시커멓다는 건 때가 탔다는 거고 때가 탔다는 건 불순 유구하다는 거였다. 왜 그러냐면 스스로에게 자신이 없기 때문이고 왜 자신이 없냐면 그거야 나 같은 사람이니까. 나는 아니어도 나 같으니까.

　몇 해 전 겨울, 오빠가 나한테 먼저 커밍아웃을 했을 때 나는 오빠 너 지금 잘못 알고 있는 거야, 하고 쏘아붙였다. 왜 옛날에 엄마가 계란 껍데기를 음식물쓰레기에 잘못 버렸는데 누가 신고해서 벌금 왕창 물었잖아. 오빠 너도 그런 거야. 엄마처럼 일반쓰레기를 잠깐 음식물쓰레기로 착각한 거야. 나는 몰라도 너까지 그럼 진짜 안 되는 거야. 사실 그때는 오빠를 이해하지 못한 척한 거라면 지금은 이해가 갈 듯 안 갔다. 한강이면 공항철도도 뚫려 있겠다 자전거도로도 깔려 있겠다 진즉 만나서 크로플을, 독립영화를, 커플 자전거를 뿌수면 될 걸 왜 이제야 접선을 도모하는지. 것도 나랑 유정까지 껴서 사자대면으로.

이거 하나 먹어도 돼요?

'점심때는 손님이 많으니 분할 계산을 지향해주세요'라고 쓰여 있기에 각자 분할 계산을 한 뒤, 카운터 유리병에 담긴 흰 박하사탕을 가리키며 물었다. 주인아줌마는 갑자기 정색하더니 미안하지만 그건 곤란하다고 했다.

절대로 안 돼. 두 개 이상 먹어.

나는 사탕을 한 움큼 쥐어서는 하나는 내가 먹고 하나는 주머니에 넣고 두 개는 버렸다. 유정과 오빠 입속으로 공평하게 하나씩 버렸다.

배는 찼어도 마음은 아직 허해서 우리는 식당

뒤편에 설치된 퍼걸러에 잠깐 자리를 잡았다. 지붕에 종횡으로 짜인 부재 덕에 빛이 격자무늬로 비쳐 들고 있었고, 아래로 길게 늘어진 인조 등나무꽃에서는 희미하게 지난여름의 냄새가 풍겼다. 나는 그늘이 질 대로 진 얼굴에 해가 내리쬐는 게 싫어 고개를 최대한 푹 수그렸다. 고개 좀 들고 다녀. 한때 그 말을 귀가 닳도록 듣던 시기가 있었다. 랑랑하다는 말을 가뭄에 콩 나듯 해줬던 전 애인이었나, 수리기사한테 전화 연결 하나 제대로 못 한다며 상소리를 남발하던 계 팀장이었나, 아님 둘 다였나. 그땐 그 말이 듣기 싫어서 의식적으로 고개를 빳빳이 들고 다니려고 애썼는데 그래봐야 들려오는 말은 똑같았다. 옹모란 너는 자세가 왜 그래. 안색이 왜 그래. 사람이 왜 그래.

씨발 너는 진짜 나한테 왜 그러는데!

얼마 전 회사에서 나는 속으로만 해야 하는 말을 기어코 밖으로 내뱉고야 말았다. 알람처럼 목요일 새벽 4시마다 걸려오는 전화를 받았다가 찌꺼기 같은 년이 아주 갈 데까지 갔다는 말을, 기계는 고쳐 써도 사람은 고쳐 쓰는 게 아니라는 얼굴 없는 목소리를 들으니 눈앞이 새카매지면서 그만 정신줄을 놔버렸다. 비록 길눈이 어둡고 야맹증이 있긴 해도 나는 눈 똑바로 뜨고 살려고 노력했다. 시력 교정 안경도 맞추고 비타민A도 꼬박꼬박 챙겨 먹었다. 오늘도 먹고 나왔고 내일도 먹을 거였다. 문제는 눈앞이 훤해져봐야 앞길이 캄캄하면 결국 이도 저도 아니라는 거였다. 그래서 나는 오빠처럼 될 바에야, 되는 일이 없는데도 자꾸만 뭘 되게 하려고 애쓸 바에야 내 정체성 따위 꽁꽁 숨기고 가업을 이어받을 거였다. 엄마가 그토록 원하는 5대째 손두붓집 간판은 못 달아주겠지만.

느티나무 숲 쪽으로 느릿느릿 걷다 보니 작은 개울이 나왔다. 물녘의 땅과 돌은 단단하게 얼어 있었고 물은 가장자리에 뿌연 빛살무늬로 살얼음이 맺혀 있을 뿐 유유히 흐르고 있었다. 딱 빠져 죽지 않을 정도로 수심이 깊어 보였다. 열 길 물속을 들여다보는데 유정이 지금 딱 역광이다, 사진 찍어줄까? 하고 물었고 나는 됐다고 했다. 그러나 됐다고 말했을 땐 이미 찍힌 뒤였다.

잘 나왔는데 너처럼 안 나왔어.

좋아, 그럼. 맘에 들어.

보지도 않고?

응. 여기 사진 맛집이네.

늦지 않으려면 슬슬 가야 하지 않나, 생각하던 참에 오빠는 몸을 숙인 뒤 돌멩이를 쥐고서 강 쪽을 향해 크게 팔을 휘둘렀다. 동작만 컸지 실속은 없었다. 이십대 초반의 오빠는 나름 노선을 잘 타서 성공 가도를 달렸다. 〈박진감 넘치는 빛〉이라는 대학교 졸업 작품은 전혀 박진감 넘치는 내용이 아니었는데도 오사카의 단편영화제에서 상까지 받았다. 어느 폐건물 비상계단에 나란히 앉은 두 남자아이에게 드리운 빛의 경과를 롱테이크로 담아낸 무성 영화로, 마침내 두 남자애가 서로의 눈을 마주하려는 순간 'ㅁ'의 일부가 지워져 '눈을 꼭 닫아주세요'라고 적힌 문이 쾅, 그러나 소리 없이 닫힌다. 대사가 일절 없지만 결코 침묵하지 않는 작품으로 오빠는 잠시나마 빛을 봤고, 9년간의 암흑기를 거쳐 이제 다시 빛을 보나 했는데 주연 배우가 개봉을 앞두고 음주 운전으로 인한 인명 사고를 냈다. 배우를 교체해 전면 재촬영을 감행하느냐 손해를 감수하고 영화를 엎느냐. 제작사와 투자사는 어느 노선을 따라도 가망이 없다는 이유로 후자를 택했고, 그렇게 또 언제 올지 모를 기회가 완전히 물 건너간 오빠는 돌멩이를 쥔 손을 허공 높이 치켜든 채 그대로 멈춰 있었다. 던지지도 놓지도 못했다.

하여간 바보 같기는. 나는 돌멩이 하나를 쥔 다음 나로부터 최대한 멀리 던졌다. 물수제비를 뜰 작정이었는데 돌멩이는 작은 파문을 일으켰을 뿐

금세 가라앉아버렸다. 그래도 할 줄 알았다가 못하게 된 것보다는 아예 할 줄 모르는 게 나았다. 쓸데 있는 사람인 줄 알았는데 쓸모없는 사람으로 밝혀지는 것보다는 애초에 쓸모없는 사람인 게 나았다. 바닥을 치는 것보다야 바닥으로 사는 삶이 백번 나았다.

사람이 돌에 맞으면 무슨 소리가 날까. 퐁당 소리가 날까. 나는 손에 쥐기 맞춤한 크기의 돌멩이를 강물이 아닌 오빠 쪽으로 힘껏 던졌다. 아. 빗나가서 아쉽게 됐다.

*

무슨 자신감인지 오빠는 윤세중을 한눈에 알아볼 수 있을 거라고 했다. 단 한 번도 실제로 만난 적 없지만 분명 그럴 수 있을 거라고 자신했다. 그러나 약속 시간이 다 되도록 오빠와 동갑인 34세로

키 177센티미터에 몸무게 67킬로그램, 알랭 레네의 〈밤과 안개〉와 파솔리니의 〈사랑의 집회〉를 좋아한다는 윤세중은 코빼기도 모습을 드러내지 않았다. 오고 있냐는 오빠의 메시지에도 답이 요원했다. 나는 오빠와 유정 사이에 자리 잡고는 호호 입김을 불며 인도에 사람이, 차도에 차가, 자전거도로에 자전거가 지나가는 모습을 바라보았다. 희뿌연 입김 너머로 종종 자전거가 인도를, 사람이 차도를 가로지르기도 했다. 제각기 다른 방향과 속도와 힘으로 박진감 넘쳤고 그건 여기 말없이 서 있는 우리도 마찬가지일 거였다.

기다리는 사람으로서 오빠가 한자리에 붙박여 있는 동안 나는 자전거도로와 인도 경계에 놓인 연석에 발을 걸쳐두고 몸을 앞뒤로 움직였다. 몸에 힘을 빼면 한쪽으로 기우뚱 무게중심이 쏠리고 까딱했다가는 연석 밑으로 거꾸러질지도 몰랐다. 어렸을 때 나와 오빠가 발명한 믿음 놀이로, 한쪽이

넘어지려는 순간 남은 한쪽이 상대를 뒤에서 꽉 붙들거나 붙들지 않는 게 유일한 규칙이었다.

어, 넘어진다, 넘어져.

나는 유정이 나를 붙들까 봐 겁났다.

사람들은 종종 1분 1초가 1년 같다고 말하지만 1분 1초는 더도 말고 덜도 말고 1분 1초 같았다. 그리고 내가 넘어지는 1초 동안, 내가 바라던 대로 유정은 나를 붙들지 않았고, 오빠가 바라던 대로 어쩌면 바라지 않은 대로 윤세중은 약속 장소에 나타났다. 제때 오지는 않았지만 제대로 왔다.

구레나룻이 덥수룩하게 자라난 투블럭컷에 무지 회색 후드에 잔스포츠 백팩. 한눈에 봐도 윤세중은 34세라기엔 너무 앳돼 보였다. 그래 보이기만 한 게 아니라 진짜 어렸다. 사실 저 멀리, 인파를 헤치고 이쪽으로 걸어오는 윤세중을 나는 한눈에 알아볼 수 있었다. 엄밀히 말해 윤세중을 알아봤다기보다는 윤세중의 그늘을, 오래 묵은 밀주나 취두부 같은 그늘을 알아보았다. 나는 나 같은 사람은 눈 감고도 알아볼 수 있었다.

저…… 전데요.

처음에 윤세중은 오빠를 그냥 지나쳤다가 이내 되돌아와 말했다. 사실관계를 따질 것도 없이 윤세중은 오빠가 보여준 어플 속 사람과 동일 인물이 아니었다. 다소 비만한 체형에 여드름 흉터가 가득한 뺨에, 속은 몰라도 일단 겉만 봐서는 영 딴판이었다. 그런데도 윤세중은 자꾸만 뻔뻔하게 제가 전데요, 저 맞는데요, 했다. 오빠는 별로 놀라거나 당황한 눈치도 아니었다. 놀랐다 해도 윤세중이 가짜여서라기보다 진짜 약속 장소에 나타났다는 사실 때문인 것 같았다.

하여간 척척박사 납셨네.

어렸을 때부터 나는 오빠를 그렇게 불렀다. 뭐든 척척 대답해서가 아니라 뭐든 척을 해서 그랬다. 어디서 얻어맞고 안 맞은 척, 축구나 발야구 같은 구기 종목을 좋아하는 척, 남자를 좋아하지 않는 척, 지금처럼 아무런 척하지 않는 척…….

저기, 외적으로는 다소간 다른 부분이 있긴 하지만 저는 제가 맞거든요. 외면보다는 내면이 중요한 세상이기도 하고. 왜 껍데기는 가라. 그런 말도 있지 않습니까?

정작 당사자인 오빠는 아무렇지 않아 하는데 애어른 같은 말투를 구사하는 윤세중의 뻔뻔한 태도에 기가 찬 유정은 너 몇 살이냐는 말로 시작해 부모님이 이러고 다니는 거 아냐는 말까지 온갖 날선 질문들을 퍼부었다. 머리에 피도 안 마른 게 어디서 남의 사진을 도용하냐고, 이건 엄연한 범죄라고 쏘아붙였다. 아무 대꾸 없이 가만히 있으면 가만히 있는다는 이유로, 가만히 있지 않으면 가만히 있지 않는다는 이유로 윤세중을 가만두지 않았다. 내가 회사에서 온갖 욕을 먹으며 잘렸을 때는 한 발짝도 안 나서더니 마치 자기 일처럼 마음을 썼다. 여분의 마음이 있는 것처럼 굴었다.

그러니까 어쨌든 속인 건 속인 거잖아.

굳이 따지자면 그렇긴 합니다.

완전 가짜인 거잖아.

완전까지는 아니지만 그렇긴 합니다.

이름은 진짜 맞아?

그건 완전히 진짜인데요. 가운데 중(中)에 세상 세(世), 세상의 중심으로 가라고 아빠가 죽기 전에 지어주셨거든요.

아빠가 죽었어?

네. 내일 돌아가셨어요.

내일? 그게 뭔 소리야. 내일 죽긴 어떻게 죽어.

아, 크리스마스에 돌아가셨다는 말입니다. 엘리베이터 추락 사고로.

어째서인지 마음이 급격히 어두워진 나는 그런 내 마음을 나 몰라라 할 수 없어서 저 멀리 환하게 불 밝힌 초대형 트리를 바라봤다. 기분 탓인지 트리는 좀 전보다 밝기가 더 세진 것 같았다. 아님 주변이 어두워졌거나.

저, 제가 뭔가를 아주아주 많이 잘못한 걸까요?

어느새 고개를 푹 떨군 윤세중은 주먹으로 자기 머리통을 툭, 툭, 내리쳤다. 스스로 때리고 맞는 타이밍마다 입으로 툭, 툭, 바람 빠지는 소리를 내는 게 어딘가 우습기도 기괴하기도 안쓰럽기도 했다. 유정이 너 지금 뭐 하는 거야, 하면서 팔을 붙든 것과 별개로 나는 어디 언제까지 그러나 보자, 어디까지 가나 보자, 하는 마음이었다. 윤세중은 제 주먹질에 못 이겨 휘청 중심을 잃더니 자긴 지금 너무 부끄러워서 어디 숨고 싶은 기분이라고 했다.

나뭇잎을 숨기려면 숲으로, 시체를 숨기려면 전쟁터로 가라던데 저는 지금 저를 숨기고 싶지 말입니다. 이럴 땐 어디로 숨으러 가야 되는지도 모르겠고 진짜.

가요.

오빠가 말했다.

추운데 밥이나 먹고 가.

엄밀히 말해 추위와 밥이 무슨 상관인가 싶었지만 우리는 오빠 말대로 밥을 먹으러 갔다. 어디로 갈지도, 가면서 무슨 말을 해야 될지도 모르지만 일단 갔다. 그렇게 걷다 보니 추위가 가셨고 신호등 빨간불에 걸려 걸음을 멈추면 언제 그랬냐는 듯이 도로 추워졌다. 자전거와 발을 질질 끌면서 앞으로 걸으면 조금 견딜 만하고 가만히 서 있으면 못 견디도록 몸과 마음이 쌀쌀했다.

저, 왜 사람은 셋인데 자전거는 두 대뿐인가요?

윤세중은 질문을 던져놓고서는 내가 답하기도 전에 아, 누나는 자전거를 못 타시는군요, 했다. 오늘 처음 봤고 앞으로 다시 볼 일 없는 애한테 간파

당한 내가 대체 어딜 봐서 그러냐고 묻자 윤세중은 그냥 그래 보인다고 했다. 엄마가 오빠의 처음이자 마지막 영화를 보고 오빠의 정체성을 눈치채지 못할 만큼 보는 눈이 없었다면 윤세중은 보는 눈이 있어도 아주 있었다. 그리고 나는 문득 이런 게 궁금했다. 왜 사람한테는 한 명이라고 할까. 한 개도 한 떨기도 한 자밤도 아니고, 왜 하필 한 명일까. 내가 한 개나 한 떨기나 한 자밤의 사람이었다면 마음이 지금보다 덜 시렸을까. 아주 조금은 덜 부스러질 수 있었을까.

오빠가 이 근처에 괜찮은 뷔페가 있다고 해서 우리는 그리로 향했다. 옛날에 촬영장 케이터링 밥차 끌던 선배가 운영하던 곳인데 최근에 다른 사람이 가게를 넘겨받았다고 했다. 그때는 맛이 괜찮았는데 지금도 괜찮을지 모르겠다고도 했다. 그때는 그때고 지금은 지금이니까. 오빠는 본인이 위치를 똑똑히 기억한다며 앞장섰고, 어째서인지 오빠를 따라 걸으면 걸을수록 똑같은 곳을 계속 맴도는 기분이었다. 지금 일부러 그러는 거지? 나는 그렇게 묻는 대신 핸드폰 지도 앱을 켜 목적지를 찍었다. 알고 보니 코앞이었던 식당은 역 뒷길의 어느 노후한 건물 지하에 있었다. 이런 데 식당이 있어? 하는 곳에 어김없이 식당과 음식과 밥을 먹는 사람들이 있었다. 우리는 엘리베이터를 탈까 말까 잠시 고민하다가 계단으로 향했다.

식당은 이미 만석인 데다가 대기까지 해야 했다. 그렇다고 또 다른 곳을 찾아 헤매고 싶은 마음일랑 추호도 없었다. 날은 너무 추웠고 나는 날이 갈수록 시간이 흐를수록 지쳐만 갔다. 춥지? 금방 자리 나요. 그 말을 곧이곧대로 믿은 건 아니었지만 우리는 버리는 시간인 셈 치고 아주 조금만 기다려보기로 했다.

형, 밝은 데서 보니까 입술이 터지셨네요.

그냥, 자전거 타다가 자빠졌어.

누구한테 맞은 건 아니고요?

아니야, 이번에는.

저는 며칠 전에 아빠한테 뺨 세 대나 맞았는데도 완전 멀쩡합니다. 신기하죠?

아깐 아빠 없다며. 너 진짜 죽을래?

유정이 끼어들자 윤세중은 아, 새아빠요 새아빠, 했다. 이번에 몰래 영화과 넣은 걸 들켰다가 원서 수만큼 뺨을 맞았다고도 덧붙였다.

사실 아빠가 때린 건 아니고요. 아빠는 마음이 무르고 약해서 차마 직접 때리진 못하거든요. 그래서 제가 아빠 주먹을 잡고 저한테 이렇게, 이렇게 휘두른 건데요. 아빠는 제가 맞는 걸 보면서 막 눈물 콧물 다 짜내고.

윤세중은 좀 아까 제 머리통을 미친 듯이 가격했던 게 무색하게 스스로 때리고 맞은 이야기를 하면서 세상 쾌활하게 굴었다. 누구처럼 자꾸만 척을 하려 들었다.

그건 마음이 약한 게 아니라 고약한 거 아닌가?

그게 그거죠 뭐. 근데 제가 안 맞지는 못해도 안 아프게 맞는 데에는 전문가거든요. 혹시 궁금하시면 나중에 슬쩍 알려드리겠습니다.

나중이라는 건 결코 없을 텐데도 오빠는 윤세중의 말에 묵묵히 고개를 끄덕였다.

기다림이 점점 넓고 깊어지는 동안 자리는 나지 않았다. 딱 네 사람이 앉을 4인석만 있으면 되는데 2인석 자리만 나서 우리보다 늦게 온 두 사람이 우리보다 빨리 들어갔다. 어쩔 수 없는 일이었는데도 어쩔 도리 없이 기분이 어두워졌다. 그렇게 네 명의 사람이 불 꺼진 전구처럼 간직한 네 개의 기다림.

우리 지금이라도 다른 데 갈까?

유정의 말에 나는 지금까지 기다린 게 아깝지 않냐고 했고 오빠는 눈 감고 귀 닫고 조용히 침묵을

지켰고 윤세중은 너무 늦지 않았을까요? 했다. 비록 끝이 어딘지는 끝까지 가보기 전까지 알 수 없지만 우리는 끝까지 기다려보기로 했고, 다행히 오래지 않아 주인은 아이고 오래 기다리셨어, 하면서 우리를 안쪽으로 안내했다. 남기지만 말고 마음껏 먹으라며 하얗고 둥글고 기스가 잔뜩 난 접시까지 손수 건네줬다. 그런데 이상하지. 기다리는 동안에는 배가 등에 붙을 지경이었는데 막상 코앞에 음식이 있으니 앞으로 뭘 어떻게 먹고살지 하는 생각에 밥 생각이 쏙 들어갔다. 뷔페면 뽕을 뽑아야 하는데 분주히 수저를 놀려야 하는데 1인분은커녕 0.5인분도 못 먹었다. 반면 윤세중은 아주 잘 먹었다. 메인인 고기는 안 먹고 주로 채소류를, 고들빼기와 숙주와 명이나물을 접시가 넘치도록 담아 왔다. 영양소를 골고루 섭취하지 않고 편식하는 게 꼭 누구 같았다.

　근데 있잖아, 너 좋아하는 걸 잘해야 된다.

내 말에 윤세중은 되새김질하듯 한참 동안 입을 우물거리다가 네? 뭘 말입니까, 하고 대꾸했다.

좋아해도 될 만한 걸 좋아하라고. 그래야 돈도 굳고 시간도 굳고 마음도 굳어. 이렇게 고기 말고 풀떼기 같은 거, 영화로 치면 알랭 레네랑 파솔리니 같은 거 좋아하면 큰일 난다? 뭣도 모를 때 저도 모르게 마음이 갈 수 있는데 한시라도 빨리 정신 차리고 돌아와야 돼. 안 그럼 누구처럼 지망생에서 망생 되는 거 한순간이야. 그 한강에 괴물 나오는 영화 있잖아, 제목이 뭐더라 그거?

〈괴물〉요?

그래 그거, 〈괴물〉. 이왕 좋아할 거면 그런 걸 좋아해. 천만 명이 좋아서 환장하는 거. 〈괴물〉 같은 거.

내가 사람 잡아먹는 괴물 흉내를 내자 오빠는 밥 먹을 땐 조용히 밥만 먹자며 테이블 위에 숟가락을 탁, 하고 내려놨다. 그러기가 무섭게 근데 모란이 너 혹시 그때 기억해? 하고 말을 걸어왔다. 밥 먹을 땐 조용히 밥만 먹지? 나는 조금 전 오빠가 그랬던 것처럼 테이블 위에 숟가락을 탁, 하고 내려놨고 그러거나 말거나 오빠는 별로 기억하고 싶지도 않은 이야기를 혼자서 마구 쏟아냈다.

왜 옛날에 우리 어릴 때 방앗간에서 고추 빻는 걸 지키고 서 있었잖아. 제대로 감시하지 않으면 주인이 고춧가루를 바꿔치기할지도 모른다고, 엄마가 식당에서 일하는 동안 눈 똑바로 뜨고 잘 지켜보라고 신신당부했잖아. 근데 처음부터 끝까지 눈을 뗀 적이 없는데 한눈팔기는커녕 화장실 가고 싶은 것까지 꾹 참았는데 엄마는 이거 색깔이 왜 이렇게 덜 빨가냐고, 바꿔치기당한 게 아니냐고, 순모 너는 이거 하나 제대로 못 지키냐고 막 쏘아붙였잖아. 그때는 아무것도 몰랐는데 내가 뭔가 단단히 잘못해서 이렇게 깨지는구나 싶었는데 지금 생각해보면 애초에 우리가 지키고 있던 게 가짜였던 것 같아. 국산이 중국산이 된 게 아니라 원래부터 중국산이었던 것 같아.

그걸 이제 알았어? 그렇게 대답하는 대신 나는 그런 일이 있었냐고, 정말 아무것도 기억이 안 난다고 거짓말했다. 실은 나는 그때도 지금도 잘 알고 있었다. 엄마는 보는 눈이 없는 게 아니라 보는 눈이 있어도 아주 있는 사람이라는 걸.

우리는 사이좋게 입 다물고 밥을 먹었다. 내가 먹어도 먹은 것 같지 않았다면 오빠는 아주 잘 먹었다. 아까 콩가스는 거의 그대로 남기더니 이번에는 남기기는커녕 제대로 씹지도 않고 끊임없이 음식물을 쑤셔 넣고 삼키고 다시 욱여넣었다. 채 소화되지 않은 음식들이 캄캄한 뱃속에 쌓이고 쌓이고 또 쌓이는 모습을 상상하니 없던 입맛이 더 없어졌다. 더구나 오빠는 고기엔 손도 안 대고 명이나물만 못해도 열 번 넘게 가져다 먹어서 주인에게 한 소리를 듣기까지 했다.

손님, 그럼 못써.

오빠는 붉은색과 녹색 실로 짜인 니트 때문에 마치 거대 크리스마스트리처럼 보이는 주인을 올려다봤고 주인은 그런 오빠를 내려다보면서 미안한데 손님, 그럼 못써, 했다. 암만 뷔페긴 해도 이렇게 혼자 음식을 다 독차지해버리면 다른 사람들이 먹을 음식이 부족해지니 미안하지만 조금만 적당히 먹어달라는 거였다.

네네, 죄송합니다.

제 버릇 남 못 준다고, 나는 수화기를 들자마자 자동으로 죄송을 외칠 때처럼 이 상황을 적당히 무마하려고 했다. 어렵게 가지 않아도 될 일을 어렵게 가지 않으려 했다. 하는 일도 일하는 시간대도 응대 매뉴얼도 전부 똑같은데 유정이 아주 물건이라며 총애를 받았다면 나는 어렵지 않은 일을 어렵게 만든다는 이유로 눈총을 받았다. 그리고 핏줄 아니랄까 봐 일을 어렵게 만든다는 점에서 나를 쏙

빼닮은 오빠는 자기가 왜 죄송하냐고, 하나도 죄송하지 않다고 했다.

저기요, 여기 뷔페잖아요. 뷔페니까 제가 먹고 싶은 만큼 마음대로 먹을 수 있는 거잖아요. 남기지 말고 마음껏 드세요, 라고 저기 써 있잖아요. 그러니까 남기지만 않으면 저것들을, 고들빼기랑 숙주랑 명이나물을 적당히 먹지 않아도 되는 거잖아요. 마음껏 먹으라고 해놓고 이제 와서 딴말하는 건 진짜 아니잖아요, 진짜.

오빠의 죄송 없음에 한참을 시달린 끝에야 주인은 돈 안 받을 테니까 그냥 가요, 가, 했다. 밥을 먹었는데 밥값을 안 받는다고 하면 돈이 굳고 그럼 콧노래가 절로 나왔다. 그런데 나는 돈보다 마음이 굳기를 바라는 사람이지. 빨리 타, 이제 가자, 하고 말하면서 엘리베이터 화살표 버튼을 누르자 붉은 불이 들어왔고 이윽고 문이 열렸고 그와 별개로 나는 소리 소문 없이 마음을 닫고 싶었다. 마음을 닫으면 마음이 굳고 마음이 밖으로 새어 나갈까 봐 어디론가 모조리 흘러가버릴까 봐 마음 쓰지 않아도 되니까. 문을 지키는 사람이 문지기 묘를 지키는 사람이 묘지기 모름을 지키는 사람이 모름지기라면 나는 이렇게나마 내 마음을 지키고 싶은 마음지기.

지하 1층에서 지상 1층으로. 우리는 고작 한 층을 올라가기 위해 엘리베이터를 탔다. 이 대목에서 엘리베이터가 멈추면 진짜 영화가 따로 없겠네. 그렇게 생각하기가 무섭게 엘리베이터가 멈췄고 조명이 꺼졌다. 개연성이 없어도 너무 없었다. 조금도 일어날 법하지 않았다. 오빠와 내가 꽁꽁 숨기고 가라앉혀둔 것들이 엄마에게 절대 일어나서는 안 되는 일인 것처럼.

이럴 땐 어떻게 한담. 엘리베이터에 갇힌 사람이 전화를 걸어왔을 때 대응하는 법은 빠삭했지만 막상 내가 갇히니 어떻게 해야 하는지 잘 생각이 안 났다. 사실 생각은 났는데 이런 말들은 아무런 쓸모 조차 없었다. 불안해하지 않으셔도 되고요. 갇힌다 고 죽는 것도 아니니까 걱정하지 않으셔도 되고요, 억지로 문 열려 하지 마시고 차분히 기다려주시면 되세요.

나는 되긴 뭐가 돼, 하는 마음으로 긴급 호출 버튼을 눌렀다.

저기요. 갑자기 엘리베이터가 멈췄는데요. 좀 전까지는 아무 이상 없었는데 불도 꺼지고 여기 꼼 짝없이 갇혀 있는데요. 저…… 이제 죽는 건가요?

내 말에 불 꺼진 사무실에서 벽을 마주하고 앉 아 전화를 받고 있을 누군가는 불안해하지 않아도 되고 갇힌다고 죽는 것도 아니니까 걱정하지 않아 도 되고 억지로 문을 열려고 하지 말고 차분히 기 다려달라고 했다.

그런 말은 나도 하겠네.

속으로 대답하다 문득 언젠가 폐소공포증을 앓는 여자에게 걸려온 전화가 떠올랐다. 여자는 누가 같이 있으면 그나마 괜찮은데 혼자 있어서 그런지 숨이 잘 안 쉬어진다고 했다. 그럼 폐소공포증이랑 둘이 같이 있다고 생각해보세요. 내가 말했고, 여자는 지금 농담할 상황 아니거든요, 하고 화를 냈다. 농담 반 진담 반이었기에 나는 조금 억울했지만 재차 말했다. 음, 그럼 제가 옆에 있다고 한번 생각해보시겠어요? 이번에는 진담 반 진담 반이었다.

근데 형 누나들은 스포일러 좋아하시나요?

어둠 속에서 윤세중이 물어왔고, 나는 그런 거 좋아하는 사람이 어딨어, 하고 퉁명스레 대꾸했다.

여기 있어요, 저는 영화 볼 때 늘 미리 엔딩을 찾아봐야 직성이 풀리거든요. 꼭 스포를 당해야 살겠는 사람이라고나 할까요. 그래서 말인데, 저희는 어떻게 될까요? 살까요, 죽을까요? 오늘 집에는 갈 수 있을까요? 사실 별로 안 가고 싶긴 합니다만.

지하 1층에서 추락해봐야 지하 1층인데 죽긴 뭘 죽어, 하면서 유정은 웃었다. 그렇게 우리는 딱딱하고 차갑고 네모난 네 개의 벽에 각자 등을 기대고 앉아 시간을 죽이기로 했다. 시간이라도 죽이지 않으면 내가 죽겠으니까. 윤세중은 이러다 화장실에 가고 싶어지면 어떡하냐면서도 자꾸만 갈증이 난다고 했다. 듣다 못한 유정이 이럴 줄 알고 마실 걸 챙겨 왔다면서 가방에서 보온병을 꺼내 들었다. 몸이 으슬으슬한 참에 잘됐다 싶었는데 보리차가 담긴 컵을 건네받은 윤세중이 윽, 이거 왜 이래요? 왜 이렇게 차요? 호들갑을 떨자 유정은 원래 이런 거라고 했다. 뜨거웠던 것이 식은 게 아니라 차가웠던 것이 처음부터 끝까지 차가운 거라고.

어두워서 잘 보이지 않는 유정의 옆얼굴을 바라보는데 유정이 뭘 봐, 하면서 내게 찬 보리차가 담긴 컵을 건넸다. 나는 딱히 줄 게 없어서 주머니에서 먼지 범벅이 된 박하사탕을 윤세중에게 건넸고 윤세중은 오빠에게 자기 손을 건넸고 오빠는 윤세중이 내민 하얗고 텅 빈 손을 잡지 않았다. 대신 극장에서 영화가 시작되기 전에 비상구 위치를 왜 알려주는지 아냐고 따지듯 물어왔다. 솔직히 별로 알고 싶지 않았는데 오빠는 기어이 입을 열었다.

나처럼 망한 영화 만든 감독들 보라고 그러는 거야. 미리 잘 알아두고 무슨 일이 터져도, 천장이 무너지고 불이 나도 절대 그리로 빠져나가지 말라는 거야. 그냥 거기서 꼼짝 말고 죽으라는 거야.

그러면서 오빠는 주연 배우가 술 먹고 차로 사람을 쳤을 때 차라리 잘됐다 싶었다고 했다. 어차피 가망도 없었는데 본인 눈에도 망작인데 아주 제대로 폭망했는데 남들 눈에는 어떨지 안 봐도 비디오라고 했다. 그래서 제작사가 그냥 없던 일로 하자고, 이미 몇 년 동안이나 해오던 걸 엎자고 먼저 제안했을 때 내심 기뻤다고도 했다. 그럼 적어도 자기 때문에 영화가 폭망한 건 아니게 되니까.

　형, 그럴 땐 퐁망, 해보시는 건 어떤가요.

　윤세중이 말했다.

　폭망 말고 퐁망, 해보시라고요. 그럼 발음이 귀여워서 조금 덜 망한 것처럼 느껴지거든요.

　이게 무슨 말도 안 되는 소리인가. 퐁당퐁당도 아니고 퐁망퐁망은 애초에 말이 안 됐지만 우리는 한참을 퐁망거리다 일제히 입을 닫았다. 분위기가 싸해지고 서로의 숨소리가 너무 크게 들릴 때쯤 윤세중은 핸드폰으로 음악을 틀었다. 이 상황에 음악이 귀로 들어가냐. 나는 그렇게 말하려다가 말았다. 오빠가 엄마한테 두부 싸대기를 맞고도 입으로 음식을 잘 넣었듯이 노래를 들으면 기분이 조금 나아질지도 모르니까. 〈말 달리자〉와 〈도망가자〉와 〈내꺼하자〉. 아무런 말 없이 네 사람이 네 면의 벽에 기대앉은 채 청유형으로 끝나는 노래를 듣고 있자니 흥이 난다기보다는 땀이 났고 땀이 나는데 덥지 않고 추웠다. 땀이 식으면서 몸의 열을 빼앗아 가니까. 이제 그만 들으면 안 돼? 그렇게 말하고 싶었는데 한번 시작한 걸 끝내는 건 생각보다 어려운 일이었다. 나는 윤세중에게 도대체 너는 노래 취향이 왜 이 모양이냐고, 아까 내가 한 말은 뭐로 들은 거냐고 마구 쏘아붙였다. 이런 거 말고 좋아해도 될 만한 걸, 마음껏 좋아해도 아무도 뭐라고 안 하는 걸 좋아하라고 했다.

간주가 흐르는 동안 윤세중은 뜬금없이 제가 진짜 죄송합니다, 가짜라서, 하고 말했다.

근데 넌 가짜 아니야.

그럼 뭘까요? 저는.

나는 질문을 던져놓고 대답을 들을 생각일랑 없는 윤세중에게 네가 그렇게까지 가짜는 아니라고 말해주고 싶었다. 안에 계세요? 마침 바깥에서 누군가 엘리베이터 문을 두드리며 물어왔고, 나는 여기 사람이 갇혀 있다고 있는 힘껏 소리치는 대신 이렇게 말했다.

　……너는 짜가야.

　시간이 벌써 이렇게 됐는데도 밤이 이렇게나 깊었는데도 한강 둔치는 여전히 자전거 타는 사람들로 붐볐다. 지나갈게요! 비키세요! 멀리서 누군가 나를 향해 소리쳤고 나는 한 발짝도 비켜나지 않았다. 그랬더니 알아서 나를 비켜 갔다. 문제는 다른 사람들은 나를 비켜날 수 있어도, 나는 죽었다 깨나도 나 자신을 비켜날 수 없다는 거였다. 브레이크가 안 듣는 자전거를 타고 내리막을 내달릴 때처럼 속도가 감당 못 할 만큼 빨라지는데 이 세상 모든 나쁨이 내게 길을 터주는데 삶이 막다른 길목으로 접어드는데 나는 내 삶에서 도저히 중도 하차할 수가 없었다. 버리는 시간 버리는 마음 버리는 삶인 셈 칠 수 없었다.

　나는 휠라이트에서 뿜어져 나오는 빛 때문에

눈을 질끈 감았고, 자전거를 탄 누군가 삑삑 불어 대는 호루라기 소리 때문에 귀를 막았다. 눈부심과 시끄러움이 어느 정도 잦아들 무렵 유정은 나를 바라보며 휘파람을 불었지만 나는 휘파람을 불 줄 몰랐다. 너는 그것도 못하냐. 유정의 말에 나는 응, 나는 이것도 못해, 대꾸하며 고개를 푹 숙였다.

나 보고 따라 해봐.

나는 유정을 보지 않으려고 애쓰며 유정을 따라 했다. 따라 하면 할수록 동그랗게 오므린 입술 사이로 입김과 함께 휘휘 바람 빠진 소리만 새어 나왔다. 바람은 공기의 이동이라던데 내 몸 안의 바람은 언제 어느 정도 깊이에 얼마나 고여 있다 이렇게 세상 밖으로 흘러나오는 걸까. 그러던 중 윤세중은 꼭 새 같지 않아요? 찌르레기나 해오라기 같지 않아요? 하고 다짜고짜 물어왔다.

뭐가 뭐 같다고?

호루라기요. 꼭 새 이름 같지 않아요?

그럼 나는?

네?

나는 뭐 같냐고.

*

곧 크리스마스였고, 돌아가는 길에 옥수수랑
술빵을 사달라고 하니까 오빠는 좋아 기분이다, 하
면서 사줬다. 정확히는 옥수수와 술빵을 두당 한
개씩 사서 물티슈로 깨끗이 닦은 벤치에 툭 버려두
었다. 버려줘서 고마워. 내가 말하자 천만의 옥수
수 만만의 술빵, 했다.

술빵을 먹고 취하기라도 했는지 오빠는 이제
나는 돈도 없고 좆도 없고 아무것도 없어, 하면서
세상 심각하게 굴었다. 심지어 아까 엘리베이터에
갇혀 있다 건물 밖으로 나왔을 땐 아무도 자전거를
안 훔쳐 갔다면서 아쉬워하기까지 했다.

어느새 눈이 내리기 시작했고 우리는 눈을 맞으며 새들새들 걸었다. 유정이 나를 따라나선 반면 오빠는 눈이 살짝 쌓인 벤치에 묵묵히 자리를 잡았다. 가만있으면 중간은 간다는 걸 이제야 알았다.

좀 아까 윤세중은 사실 집에 가기가 죽기보다 싫다며 눈으로는 눈물을 코로는 콧물을 짜냈다. 뚝 그치라고 위로하는 유정이나 고개를 돌려버린 오빠와 달리 나는 어째서인지 잔뜩 화가 나서는 제발 애처럼 굴지 말라며 성을 냈다. 그럼 뭐처럼 굴어야 되는데요, 누나? 네? 윤세중의 물음에 나는 나처럼만 아니면 된다고 말하려다가 아무 말도 하지 못했다. 나는 내가 윤세중에게 말할 수 있었던 것들을 홀로 중얼거렸다. 빛처럼, 비지처럼, 흰 눈 사이로 머지않아 다가올 크리스마스처럼, 죽이려 들수록 살아나는 1분 1초처럼.

근데 유정이 너 잠깐 눈 좀 감아봐.

왜?

그냥 감아봐.

감았어.

그리고 걸어봐.

왜?

그냥 걸어봐.

뭐야, 그게.

이게 눈 감고 제자리에서 몇 초만 걸으면 몸이 어느 쪽으로 틀어졌는지 알 수 있대. 걸음걸이도 주인을 닮아서 지금껏 자기가 살아온 방향으로 삐뚤어지는 거래.

그렇게 우리는 눈을 감은 채 제자리에서 걸음을 옮겼고 조금 뒤 다시 눈을 떠보니 내 몸은 유정 쪽으로, 유정의 몸은 내 쪽으로 미세하게 틀어져 있었다. 닿을 듯 말 듯 가까워서 조심해야 했다. 방심하다가 함부로 안심하지 않도록 더 많이 조심해야 했다.

넌 내 쪽으로 틀어졌네.

넌 내 쪽으로 틀어졌고.

따라 하지 마.

따라 하지 마.

너 그러다 나처럼 된다.

내가 말하기가 무섭게 유정이 미안 그만할게, 하면서 휙 뒤돌았다. 이 찌꺼기 같은 년이. 나는 유정의 뒤통수에 대고 돌을 던지려다가 강물 쪽으로 방향을 틀었다. 기분 탓인지 이번에는 물수제비를 뜰 수 있을 것 같았는데 퐁당퐁당은커녕 퐁 소리만 났다. 이상하게 내가 잘하고 싶은 것들은 다 잘 안 되고 내가 좋아하는 사람들도 다 망했다. 그래서 나는 유정이 좋았다. 더 깊이 좋아하고 싶었다.

근데 돌멩이 입장에서는 얼마나 어이없고 슬플까? 난데없이 다른 돌멩이들이랑 생이별당하는 거잖아.

유정이 내 쪽을 돌아보며 말했다.

너 혹시 전생에 돌멩이였니?

뭐래, 갑자기 얘가.

아님 이담에 돌멩이로 태어날 예정이니?

너 같으면 또 태어나고 싶겠니?

근데 왜 네가 굳이 돌멩이 입장에서 생각해. 넌 너만 생각해.

네가 그렇게 무서운 얼굴 하고 돌 던지니까 그렇지. 우리 계 팀장한테 귀가 닳도록 듣던 말이 그거였잖아. 이상한 사람들이 전화해서 진상 부려도 꾹 참고 고개 수그리랬잖아. 나보다 남을 먼저 이롭게 하랬잖아.

이제 우리가 아니라 너겠지.

미안.

나는 순간적으로 유정의 얼굴이 촛농처럼 굳는 걸, 굳은 얼굴로 조용히 고개를 떨구는 걸 바라보았다. 언젠가 유정이 어떻게 자기가 이쪽인 걸 알아봤냐고 물었을 때 나는 그냥, 하고 대답을 얼버무렸다. 이제야 고백하자면 그건 유정이 고개 숙이는 사람이었기 때문이었다. 눈앞에 마주하고 있는 건 새하얀 파티션 벽뿐인데 수화기 너머의 누군가가 우릴 지켜보고 있는 것도 아닌데 유정은 죄송하다고만 하면 될 걸 꼭 깊이 고개를 숙였다. 아래쪽이라기보다는 자기 자신 쪽으로. 그래서 나는 유정을 알아볼 수 있었다. 나는 나 같은 사람은 눈 감고도 알아볼 수 있었다.

유정아, 미안해하지 말고 그냥 해사해.

해사하기만 해서 미안해.

미안하면 다야? 그렇게 대답하려다 나는 근데 여기 민들레 엄청 많다, 민들레 맛집, 하고 말했다. 나 때문인지 요새 부쩍 거북목이 심해지고 어깨가 왼쪽으로 미세하게 기울고 키도 살짝 작아진 유정이 한자리에 붙박여 있는 동안 나는 강변에 피어 있는 민들레꽃을 꺾어다가 오빠 쪽으로 뛰었다. 발에 얼굴에 마음에 뭐가 걸려도 중간에 멈추지 않고 계속 뛰었다. 그러곤 바람에 날려 어느새 꽃도 홀씨도 씨방도 없이 줄기만 달랑 남은 민들레를 오빠에게 건넸다. 버리거나 잃어버리거나 쥐고서 마구 부서뜨리지 않고 손에서 손으로 건넸다.

자, 이제 있어.

고요하고 거룩하고 달이 구름 뒤에 동그랗게 숨은 밤, 갑자기 무슨 바람이 불었는지 나는 자전거를 타보겠다고 했다. 몸이 기억 못 하면 마음으로라도 기억해보려 했다. 삼천 리는커녕 삼 리도 못 갈 것 같은 오빠의 삼천리 자전거에 올라타며 어느 쪽이 더 나쁜지 생각했다. 아라뱃길이 나쁜가 한강이 나쁜가. 자살이 나쁜가 살자가 나쁜가. 돈가스가 나쁜가 콩가스가 나쁜가. 짝짝이가 나쁜가 짝짜꿍이 나쁜가. 사랑해가 나쁜가 해랑사가 나쁜가. 성탄 전야가 나쁜가 성탄이 나쁜가. 아님 이래저래 그냥 내가 다 나쁜가.

그런데 자신 있어?

이미 답을 알고 있을 오빠가 물었고, 나는 먹고 죽을래도 없어, 하고 대답했다.

없으면 어떡해.

왜, 그렇게 없어 보여?

그래도 있는 셈 치자.

놓으면 안 된다.

안 놔.

믿는다, 진짜.

이제 가라 좀 진짜.

진짜 다 뿌수러 간다, 내가.

좋아, 잘 뿌수고 있어.

그 목소리는 바로 뒤에서 들려오는 것 같기도, 저만치 앞에서 들려오는 것 같기도 했다.

이상하지. 자전거를 타면 기분이 좋고 박진감 넘치고 이미 갈 데까지 가버린 내가 얼마나 더 갈 수 있을지 궁금해졌다. 지나갈게요! 나는 그렇게 외치는 대신 입으로 호루라기 소리를 냈다. 아깐 그냥 흘려들었는데 생각하면 할수록 호루라기는 꼭 새 이름 같고 휘휘 불면 불수록 내게서 나는 소리는 모름지기 내 것 같았다. 아주아주 진짜로 정말 많이, 그래야만 했다.

자전거를 타는 상상을 타고

자전거 타기 좋은 날씨다. 이때의 날씨란 바깥이 아니라 안쪽의 풍경을 뜻한다. 고로 날씨가 내 편인지 아닌지는 오로지 내게 달려 있다. (마음) 날씨가 맑으면 자전거를 타러 나가고 (마음) 날씨가 흐리면 안 나간다. 엄밀히 말하자면 날씨가 좋아도 안 나간다. 요즘 나는 자전거가 아니라, 자전거를 타는 상상을 타곤 하니까.

자전거 대신 자전거를 타는 상상을 타게 된 건

작년 여름부터다. 어느 날 집 앞 천변에서 자전거를 타는데 평소와 달리 뒷바퀴가 한 바퀴 구를 때마다 몸이 쿵, 하고 내려앉았다. 몸이 내려앉으니 마음도 내려앉았다. 이대로는 안 되겠다 싶어 곧장 집으로 되돌아가 자전거 가게에서 사은품으로 받은 싸구려 공기 주입기로 바람을 넣어봤지만, 암만 애를 써봐도 바람은 채워지기는커녕 끊임없이 어디론가 빠져나갈 뿐이었다. 결론은 하나. 내가 바람도 잘 못 넣는 똥손이거나 자전거가 고장 났거나. 나는 바퀴에 바람을 주입하는 밸브가 고장 난 것 같다는 판단하에 인터넷에서 개당 270원 하는 프레스타 밸브를 대강 구매했고, 애석하게도 맞는 타입이 아니었는지 몇 시간을 낑낑대다 두 손 두 발 다 들어버렸다.

그래도 이렇게나 날씨(이때의 날씨란 바깥의 날씨!)가 좋은데 자전거를 타지 않을 수는 없는 노릇이니까 바람 빠진 자전거를 타고 집에서 몇 킬로

미터나 떨어진 삼천리 자전거 매장에 갔다. 그러나 수고로움이 무색하게도 주인아저씨는 자전거가 고장 났다는 나의 주장에 제대로 살펴보지도 않고는 이건 그냥 바람이 빠진 거라며 바람이나 넣고 가라고 했다. 맥이 빠진 나는 아닌데, 내가 몇 번이나 넣어봤는데, 진짜 고장 맞는데……. 속으로 씩씩거리다가 언제 그랬냐는 듯 다시 바퀴가 터질 듯 빵빵해진 자전거를 끌고 술집에 갔다. 핸드폰은 안 훔쳐 가도 자전거는 훔쳐 가는 나라니까 술집 방부목 덱 난간에 자전거를 묶어두고 닭갈비와 계란말이를 먹었다. '심술'이라는 이름의 술도 찔끔 마셨다. 그리고 몇 시간 뒤 음식을 싹 비우고 나와보니 아니나 다를까 자전거 뒷바퀴의 바람이 모조리 빠져 있었다. 아…… 아…… 아저씨…… 발……. 나는 속으로 내 말을 귓등으로 들은 아저씨 욕을 했고 다시 돌아가기에 가게는 이미 문을 닫았을 시간이었다.

예상하다시피 그 이후 나는 한 번도 자전거를 타러 나가지 않았다. 자전거를 고치러 가지도 않았다. 먼지를 잔뜩 뒤집어쓴 채 아파트 비상계단에 짱 박혀 있는 자전거를 볼 때마다 언제 한번 고치러 가긴 해야 되는데, 마음을 먹긴 하지만 진짜 마음만 먹을 뿐이었고.

그렇게 마음만 먹기를 몇 번이고 반복하다가 나는 자전거를 타는 상상을 하기 시작했다. 돌이켜 보면 그런 상상을 하게 된 데는 고등학생 때 산울림의 열성 팬인 친구를 따라 김창완밴드 콘서트에 갔다가 〈기타로 오토바이를 타자〉라는 노래를 들은 영향이 컸을 것이다. 기타로 오토바이를 타고 수박으로 달팽이를 타고 메추리로 전깃불을 타고 개미로 밥상을 타고 오토바이로 기타를 타자는 요상한 가사를 듣고 우와 이 아저씨는 진짜 못 타는 게 없네…… 속으로 생각했으니까.

그러니까 나로 말할 것 같으면 자전거를 탈 때

마다 자전거로는 무엇을 탈 수 있을까? 생각하는 사람이다. 자전거를 타고 어디까지 가볼까? 하고 생각하는 사람이기보다 자전거를 타는 상상을 타고 어디까지 가볼까? 하고 생각하는 사람이다. 자신하건대 이 상상은 승차감이 좋다. 엉덩이가 배길 일도 없다. 그러니 내 소설을 읽다 중도 하차하지 않고 여기 이 문장까지 무사히 당도한 누군가가 있다면 속는 셈 치고 내 뒤에 타도 좋다. 상상에는 탑승 제한이 없으니까 누구든 아무나 데려와도 좋다. 탔는가? 그럼 꽉 잡으시길.

*

　　상상이란 실제로 경험하지 않은 현상이나 사물에 대하여 마음속으로 그려보는 것. 상상의 정의가 이러한 만큼 나 역시 어디든 갈 수 있을 테지만 사실 나라는 사람은 멀리 가는 사람은 아니다. 약

속을 잡을 때도 집 근처가 아니면 온갖 핑계를 대
며 안 나가려 하고 자전거를 탈 때도 한강까지 가
기보다 김포를 찍고 곧장 되돌아오는 사람이다.
나로부터 가장 멀리 떠나고 싶으면서도 결국 내
주변만을 하염없이 맴도는 사람이다. 꽉 잡아야
할 만큼 속도감 있게 쌩쌩 달릴 수 있는 사람도 아
니다.

그런 점에서 나는 자전거를 타는 상상을 타고
한강이나 자전거의 천국이라는 네덜란드나 저 멀
리 별세계로 떠나는 대신 이 소설의 처음에 잠깐 다
녀오려고 한다. 소설 쓰기가 일종의 물수제비 뜨기
라면, 돌멩이와 물이 처음으로 퐁당, 하고 맞닿았던
순간에 다녀오려고 한다. 소설을 쓰다 보면 어느 순
간 그 시작점이 흐릿해지면서 근데 나 이 소설 왜 쓰
고 싶었지? 하고 스스로에게 묻게 되는 때가 오는
데, 첫 번째 퐁당과 마지막 퐁당은 그 소리도 빛깔
도 파문의 지름도 완전히 일치하지 않겠지만—또

그래서는 안 되겠지만―때로는 그 지나간 마음의 물결을 건너편에서 건너다보고 싶기 때문이다.

고백하자면 이 소설은 2021년에 썼던 소설을 완진히 갈아엎고 새로 쓴 것이다. 때로는 소설 속 인물들이 단 한 번도 길을 잃어버리지 않아서 쓰는 내가 길을 잃어버린 것 같은 기분이 들 때가 있는데, 이 소설이 딱 그랬다. 인물들이 미리 정해진 노선을 따라 움직이는 느낌. 어딘지 모르게 이들의 말과 행동과 마음이 가짜 같은 느낌. 나조차 그런 기분에 사로잡혀 쓰기가 괴로운데 독자가 그걸 느끼지 못할 리 없었다. 어떻게든 소설을 살려보려고 1년 넘게 이런저런 시행착오를 거치다 나는 결국 '자전거를 타고 돌아다니는 이야기'라는 기본 설정만 남겨두고 아예 소설을 새로 쓰리라 마음먹었다. 목표는 단 하나였다. 가짜처럼 느껴지지 않는, 박진감 넘치는 이야기를 쓰고 싶다는 것.

'박진감'이라는 단어에는 두 가지 뜻이 있다.

첫 번째는 "진실에 가까운 느낌"이고, 두 번째는 "생동감 있고 활기차고 적극적이어서 현실적으로 느껴지는 느낌"이다. 처음 국어사전에서 이러한 뜻풀이를 보고 깜짝 놀란 나는 내 소설 속에 첫 번째 뜻의 박진감을 녹여내리라 다짐했다. 겉보기에는 아무 일도 일어나지 않고, 소위 박진감 넘치지 않을지언정, 이야기 속에서 먹고 마시고 농담하고 버림받지 않기 위해서 속으로 끙끙거리는 그들이 저마다의 진실을 향해 씽씽 힘차게 달려가기를 바랐다. 기타로 오토바이를 탈 수 있다는 노랫말처럼 자전거로 자기 자신의 마음을 타보길 바랐다. 그 마음들의 분명한 '있음'이 홀씨처럼 널리 퍼져나가길 바랐다.

그래서, 조금은 박진감 넘쳤니?

가끔은 내 소설 속 인물들에게 묻고 싶어진다.

*

또 이런 기억에도 잠깐 다녀와볼 수 있겠다.

지난 주말에는 친구와 함께 자전거도로를 걸었다. 비 오는 날이었고 그러다 보니 안쪽의 (마음) 날씨도 흐릿해졌다. 우리는 고깃집에 가서 주먹고기 2인분과 껍데기 1인분을 시켰고 껍데기는 좀 남겼다. 몇 년 전에 처음 먹고는 엄청 맛있다는 인상으로 남아 있었는데, 내가 변한 것인지 음식 맛이 변한 것이지 느끼하고 느끼하고 또 느끼했다. 불판에서 노릇노릇 익어가는 껍데기를 보면서 돼지는 정말 머리부터 발끝까지 버릴 게 없지 않냐, 말하기도 했다. 버릴 게 없다는 건 버림받지 않는 걸까……? 속으로 생각하기도 하면서. 돌이켜보면 이 소설을 쓸 때 나는 버림받는 일에 골몰하고 있었다. 정확히 말하자면 버림받고 싶지 않다는 마음으로 똘똘 뭉쳐 있었다. 그건 내가 지금 사랑받고 있다는 걸 알고 있기 때문에 할 수 있는 생각이었다. 언젠가 나는 버림받게 될까. 사랑하는 가족에게, 친구들에게, 나를 품고 있는 세상에게, 무엇보다 나 자신에게 버림받게 될까? 길거리에 껌을 싼 은박지를 버리듯 감쪽같이, 쥐도 새도 모르게.

불판 위에 남아 있는 돼지껍데기 몇 점을 뒤로하고 친구와 나는 아라뱃길로 향했다. 친구는 강의 남쪽에 나는 강의 북쪽에 살고 있었고, 우리는 강을 건너가 북쪽 길을 걷기로 했다. 이곳에서 그곳까지 직선거리는 얼마 안 되지만 실제로는 조성된 아스팔트 길을 따라 뺑뺑 돌아가야 하는 데다 엘리베이터를 타고 올라가 고가다리까지 건너야 해서 피로감이 상당했다. 나는 주로 계단을 이용하는 편이지만 가끔 엘리베이터를 탈 때마다 혹시 이 안에 꼼짝없이 갇히면 어떡하지? 하는 걱정에 쩔쩔매곤 한다. 안 그래도 내가 '나'라는 밀폐된 공간에 갇혀 있는 느낌이 시도 때도 없이 밀려오는데 엘리베이터 안에까지 갇혀버리면 이중의 폐쇄가 되므로 그건 정말 끔찍한 일이니까. 다행히, 고가다리 위로 올라가는 수십 초 동안 엘리베이터는 작동을 멈추지 않았다.

강의 북쪽에 조성된 산책로에는 정리되지 않은 잡풀이 무성해 조금만 인도 안쪽으로 들어가면 팔에 풀이 스쳤다. 문득 풀의 팔이라는 말이 머릿속에 떠올랐다. 풀의 팔 풀의 팔 풀의 팔. 귀여워서 여러 번 발음해보았다. 구에서 오랫동안 관리하지 않아 아무렇게나 자라난 풀의 팔들도 어떤 의미에서는 버림받은 존재일지도 몰랐다. 오늘은 최대한 집에 늦게 들어가고 싶어. 친구가 말했고 나는 최대한 집에 빨리 들어가고 싶었지만 그렇게까지 말하는 친구를 혼자 버려두기가 뭣해 묵묵히 자전거도로를 걸었다. 비 오는 날이라 그런지 자전거 타는 사람은 없었고 대신 자전거도로를 걸으러 나온 사람은 종종 보였다. 그들이 지나가고 텅 비어 있는 길을 바라보다가 나는 문득 상상했다.

이 자전거도로에는 얼마나 많은 영혼이 서성거리고 있을까?

다와다 요코의 『영혼 없는 작가』(최윤영 옮김, 을유문화사, 2011)에는 모든 여행자에겐 영혼이 없다는 문장이 나온다. 이유는 단순하다. 영혼이 비행기처럼, 시베리아 열차처럼 빨리 달릴 수 없기 때문에. 너무 빠른 속력으로 인해 몸에서 튕겨 나간 영혼들은 항상 어딘가를 돌아다니는 중이며, 그 영혼 없음의 상태로 우리가 읽고 쓰는 모든 것은 우리가 잃어버린 영혼의 삶과 일치한다는 것이다.

그러니까 저 어딘가 창백하고 붕 떠 있는 듯한 문장을 읽으면서, 나는 그럼 자전거도 마찬가지이지 않을까? 영혼도 자전거만큼 빠르게 달릴 수 없어서 자전거도로 어딘가를 배회하고 있지 않을까? 하는 으스스한 생각을 해보게 되었다. 내 소설 속 인물들의 영혼도 여기 어디쯤을 거닐고 있을지도 모르겠다 생각하면 왠지 모를 위로가 되기도 한다. 어쩌면 나는 내 소설 속의 인물들이 자신의 영혼을 버려두고 오는 이야기를 쓰고 싶었던 걸지도 모르겠다. 자전거도로를 배회하던 나의 영혼과 소설 속 인물들의 영혼이 우연히 조우해서 햇옥수수와 술빵을 나눠 먹고 휘파람을 부는 장면을 생각하면 사방이 가로막혀 있던 마음 한구석에 작은 구멍이 뚫리는 것 같기도 하다.

이제 가자, 라는 말과 함께 왔던 길을 되돌아가는 길에는 언젠가 이곳에 자전거를 타러 나왔다가 가방을 잃어버린 적이 있다는 이야기를 했다. 이십 대 초반의 어느 여름, 아라뱃길에서 자전거를 타다가 땀을 식힐 겸 잠깐 벤치에 앉아 숨을 고른 뒤 다시 가던 길을 갔는데, 문득 등이 허전한 느낌이 들어서 돌아가보니 가방은 이미 없어진 뒤였다. 지퍼가 양옆이 아니라 뚜껑처럼 위아래로 열리는 게 특이했던 그 가방 안에는 소설 구상용으로 마련한 아

주 작은 수첩 하나만이 달랑 들어 있었는데, 아마
도 수첩에는 거의 아무것도 적혀 있지 않았을 것
이다. 그러니까 잃어버려도 사실상 아무 상관 없
었다. 그 가방은 지금 어디 있을까. 어디쯤을 달리
고 있을까. 가방을 잃어버리는 일은 상실이지만,
그 잃어버림 덕분에 나는 가방을 더 오래 기억할
수 있게 되었다. 속이 텅 비다시피 한 가방 안, 속이
텅 빈 수첩에 적히게 될 문장을 상상할 때 나는 더
없이 기쁘고 마음이 벅차오른다. 상상 속에서 내가
잃어버린 가방과 수첩은 단순한 사물이 아니라 공
간이 되고, 나는 여기에서 출발해 그곳을 찍고 돌
아올 것이다. 그 길목에 무성하게 자라난 문장들을
잘 바라볼 것이다.

　몇십 분쯤 걸었을까, 친구는 건너편에 있는 강
의 남쪽으로 가기 위해 엘리베이터를 타고 고가다
리 위로 올라갔다. 다행히 엘리베이터는 멈추지 않
았고 나는 최대한 빨리 집으로 향했다. 가끔은 그

냥 이곳과 저곳 사이를, 강의 남쪽과 북쪽 사이를 단번에 가로지르면 얼마나 편리하고 좋을까, 생각하기도 하지만 멀리 돌아갈 수 있다는 건 꼭 나쁘지만은 않은 일이다. 소설을 쓸 때에도 나는 단숨에 갈 수 있는 길을 굳이 먼 길로 돌아가곤 한다. 먼 길로 돌아갈 때에만 만날 수 있는 풍경을 만나기 위해서.

*

어제는 한밤의 자전거도로를 혼자 걸으면서 도대체 이 글을 어떤 문장으로 채워야 하나 고민했다. '작업 일기'라는 건 대체 어떻게 쓰는 건가 싶어 한참 골머리를 앓았다. 그러다 '자전거를 타는 상상을 타고'라는 문장이 떠올랐고, 재미있고 진심이 담긴 글을 쓸 수 있을 것 같다고 생각했고, 그 즉시 자전거를 타는 상상을 하기 시작했다. 안장에 무게를 신고 두 발로 페달을 구르고 자꾸만 눈가에 부딪히는 하루살이 때문에 얼굴을 찌푸리는 와중에도 바람을 가르며 달렸다. 그리고 전방에 색색의 조명을 밝힌 아라마루 전망대가 나타날 즈음 단호하게 뒤돌아섰다. 전망대가 보이기 시작하는 지점이 언제나 내 산책의 반환점이니까. 갈 수 있는 데까지 더 가지 않고 딱 거기서 멈추곤 하니까.

　돌아가는 길, 문득 저 멀리 어둠 속에서 두 사람의 실루엣이 어른거렸다. 가끔씩 건너편에 있는 사람이 나를 향해 걸어오는 건지 나와 같은 방향으로 걸어가는 건지 아리송할 때가 있는데, 대개 금방 판별이 나지만 밤이라 어두컴컴한 데다 가로등 빛도 희미해서인지 잘 분간이 되지 않았다. 한참 동안 째려보듯 바라본 끝에야 나는 그들이 내 쪽으로 걸어오고 있음을, 나와 조금씩 가까워지고 있음을 확신했다. 그러나 조금 뒤 가까운 거리에서 다시 보니 어라라, 두 사람은 나와 같은 방향으로 걷고 있었다. 신기해하기도 잠시, 집에 빨리 가서 드라마를 본방 사수 해야 했기에 나는 걸음을 재촉해 그들을 따라잡았다. 추월 직전 나는 순간적으로 그들과 나란해졌고, 왠지 모르게 그 순간이 너무나 아름답다고 생각했다. 그 찰나를 포착해 화면에 띄워놓으면 우리 세 사람은 함께 땀 흘리며 앞으로 나아가는 동행처럼 보일지도 몰랐다. 그 나란해짐을 곱씹다 보니 이런 질문도 떠올랐다. 어쩌면 요즘 내가 매일 밤 자전거도로를 걸으러 나오는 건 이곳에 버려진 무수히 많은 영혼과 나란해지고 싶어서이지 않을까, 그 투명한 아름다움을 오랫동안 내 옆에 붙잡아두고 싶어서이지 않을까.

이 소설을 쓰고 난 뒤로 나는 가끔 스스로에게 물어보곤 한다.

그래서, 조금은 박진감 넘쳤니?

그럼 나는 대답한다.

아주아주 진짜로 정말 많이, 그랬다고.

빛처럼 비지처럼

초판 1쇄 발행 2024년 10월 25일

지은이 이선진

펴낸이 안병현 김상훈
본부장 이승은 총괄 박동옥 편집장 박윤희
책임편집 정수향 김정은
마케팅 신대섭 배태욱 김수연 김하은 제작 조화연

펴낸곳 주식회사 교보문고
등록 제406-2008-000090호(2008년 12월 5일)
주소 경기도 파주시 문발로 249
전화 대표전화 1544-1900 주문 02)3156-3665 팩스 0502)987-5725

ISBN 979-11-7061-194-3 (04810)
      979-11-7061-151-6 (세트)
책값은 표지에 있습니다.